지중해의 피

지중해의 피

강기원 시집

민음의 시 **217**

민음사

열두 번째 별자리의 정기로 태어나는 꽃
나무마다 한 송이씩 스스로 우는 꽃
내 캄캄한 피 속에서 피어날 불꽃
내 너를 고이 따 깊은 동이 속에 쓸개즙과 함께 버무리리라
그로테스크한 꽃이여

2015년 상강에
강기원

차례

3부

4부

1부

나는 불안한 샐러드다

투명한 볼 속에 희고 검고 파랗고 노란, 붉디붉은 것들이 봄날의 꽃밭처럼 담겨 있다. 겉도는, 섞이지 않는, 차디찬 것들. 뿌리 뽑힌, 잘게 썰어진, 뜯겨진 후에도 기죽지 않는 서슬 퍼런 날것들. 정체불명의 소스 아래 뒤범벅되어도 각각 제맛인, 제멋인, 화해를 모르는 화사한 것들. 불온했던, 불안했던, 그러나 산뜻했던 내 청춘 같은 샐러드. 샐러드라는 이름의 매혹적인 불화 한 그릇 입 속으로, 밑 빠진 검은 위장의 그릇 속으로, 생생히 밀려들어 온다. 나, 언제나 소화불량이다. 그 체증의 힘으로, 산다, 나는. 여전히, 내내, 붉으락푸르락 샐러드. 나는 불안한 샐러드다.

무화과를 먹는 밤

죄에 물들고 싶은 밤
무화과를 먹는다

심장 같은 무화과
자궁 같은 무화과

발정 난 들고양이 집요하게 울어 대는 여름밤
달빛, 흰 허벅지

죄에 물들고 싶은 밤
물컹거리는
무화과를 먹는다

농익은 무화과의
쩐득한 살
피 흘리는 살

백색의 진혼곡

밤의 서재에선

담즙 냄새가 난다

묘지 속 관들의 쾨쾨한 입냄새

일렬종대로 꽂혀 있는 冊들의 뼈

시간의 풍장에 바쳐진

뼈들의 전집

뼈들의 파이프오르간

밤의 건반과 페달을 눌러

잠든 나를 깨우는 유령 저자들

돋을새김처럼 또렷해지는

시침과 분침의 타악

빙벽처럼 버티고 선 冊, 冊들 바라보며

다만 펜을 들고

영혼의 처녀막이듯

막막한 설원의 백지 위에

단 한 글자도 적지 못하는 밤

백색의 웅장한 진혼곡을 듣는다

크레바스처럼 두개골이 열리는

진혼곡

해골

내 해골을 보았네
지끈거리는 관자놀이의
낯가죽 뒤에서
환하게 웃고 있는
해골
그는 언제나
저리 웃고 있었던 걸까
거죽의 내가
울고 있을 때에도
질투와 분노로
붉으락푸르락 할 때에도
내 뒤에서 말갛게
수치심을 모르는
말 배우기 이전의
흰 그림자처럼
뒤틀린 두개골 속에서
눈동자도 혀도 없이
그로테스크한
천진난만의

함박웃음

나 아닌 듯

참 나인 듯

소리도 없는

하 하 하

섬
— 飛禽島

날고 싶은 섬 한 마리가 있다

지느러미 없이 헤엄쳐 가고 싶은 섬 한 마리가 있다

덫에 걸린 매처럼 때때로 푸드덕거리는 섬

연자 맷돌 메고 비상하려는 섬

일몰의 두근거리는 선홍빛 명사십리

바다도 어쩌지 못하는

섬 한 마리

내 안에

있다

구부러진 십자가

오랫동안
그의 밑에 깔려 있었다
아니,
그를 뒤에서 안고 있었다
수저가 포개지듯
아니,
그가 나를 업고 있는 것 같았다
내려놓지 못하는 것 같았다
그뿐인데
서로 돌아본 적도 없이
그뿐이었는데
내 가슴이 파이는 만큼
그의 등이 구부러지고
점점 꿇어 가는 그 무릎의 각도와
내 뻣뻣한 무릎의 각도가
같아졌다
그가 떠나간 후에도 그랬다
무릎을 펼 수 없었다
가슴을 펼 수 없는 것처럼

지중해의 피

너무나 큰 젖먹이 짐승
배고픈 아이를 앞에 둔
부끄럼 없는 어미처럼
수백 개의 젖무덤 당당히 풀어헤친
지중해
이목구비 없이 젖가슴뿐인 바다
대륙붕의 넓은 띠로도
탱탱히 불은 가슴 동여맬 수는 없다
리아스식 해안의 만을 감싸는
부연 젖물의 새벽 안개
바다의 검은 유두를 물고
솟아오르는 흰죽지갈매기 떼!
바다 곁에서
목마른 나여
먹어도 먹어도 허기지는
아귀 같은 나여
허기의 지도 따라
바닥짐 버리고 여기까지 온
나여

최초의 비린 맛인 저
미노아의 젖멍울에
갈라 터진 입술을 대리
맨발의 푸른 자맥질로
내 피 전부를
지중해의 피로 바꾸리
천둥벌거숭이
크레타의
파랑(波浪), 파랑, 파랑이 되어

내 영혼의 개와 늑대의 시간

순종이 야성에게 악수를 청하는 어스름

창밖에서 창 안을 바라보며 공모자가 되는
파계 직전의 은수자 같은 자작나무들

가슴 속 날개만 있는 독수리들이
영혼의 산맥을 향해 설레는 날개를 들어 올리면

태어나기 이전의 달과 태양이 그 조도를 회복하고

죽은 조상과 태어나지 않은 후손들의 울부짖음이 후두
깊은 곳을 타고 올라온다

그 소리에 맞춰 영혼의 고관절이 풀리는 알몸의 춤사위
속에서

나는 나를 잊고

내 두개골은 들짐승의 바람으로 넘실거리기 시작한다

그러나 대지의 음경 같은 둔중한 추가 내 안에 있어
버짐처럼 번진 사막으로 머리채 끌고 가 내동댕이치는
깊은 밤

파르스름한 초승달의 칼 같은 눈초리 아래서

붉은 피가 검은 잉크로 변해 가는 것을 느끼며

나는 엎드려 끈적끈적한 뱃속의 잉크로

누군가의 목소리임이 분명한 침묵
그 야생의 우렁우렁함을
영원한 처녀인 모래 위에 베껴 쓴다

대성당

욱신거리는 관자놀이 속의 지구

지구의 거대한 두개골 속에 담긴 푸른 뇌수

뇌수 속 발효하는 구름

구름 속 잘린 목처럼 내걸린 태양

태양의 대동맥이 흘리는 노을

노을의 잔 들이켠 황도대 짐승들의 취기

취기를 뿜어내는 성좌

성좌의 부스러기들이 쏟아져 나오는 금간 눈알

눈알을 비비며
태고의 공복감으로 쓰린
배를 쓸며

다시 태어나기 위해

내 안의 대성당

그 녹슨 빗장을 여는 캄캄한 새벽

낙타가 되는 법

태산을 삼킨 자

태양에 맞서 고개를 들 것
뒤돌아서지 않을 것

스스로 그늘을 만들어
최대한 차가워질 것

친구를 포기할 것

누명에 익숙해질 것

펭귄의 시절을 기억할 것
모래 폭풍의 지도 속에서 대양의 지도를 읽을 것

하루치 양식으로 새벽노을 마신 후

살구 씨 몸 깊이 박고
없는 길을 떠날 것

그리고

·

·

·

울지 않을 것
다만 묵묵할 것

나의 창세기

임사 체험 피정의 날

입 벌린 무덤 속
무한대의 자세로 누워 점점 냉철해지고 있다
생시보다 신선한 나
그러나 곧 내가 나를 먹어 대기 시작한다
뇌수 섞인 진물이 흐른다
느슨해진 몸뚱이가 허물을 벗으려 한다
탈피
오랜 명상 후에도 이를 수 없던
누에의 시간을 누린다
물렁물렁한 반죽
무엇으로든 새로 빚어질 듯하다
어찌된 일인가
바람도 없이 시원하다
점점 시원하다
더할 수 없는 앙상함으로
나는 남는다

육신의 비좁은 거처를 벗어나
이제야 나는
수평에서 수직으로
선다

밤의 이마에 선명히 찍힌
외눈의 유령 같은 북극성
그 빛 아래서

감기지 않을 맹금의 눈을 가진
어린 선지자가 되어
나의 묵시록과 창세기의 첫 줄을 쓴다

문둥병자

이곳에 나를 부려 놓았다
오래전 문둥이들의 집성촌
세상이 문둥이에게서 물러서듯
세상으로부터 물러서기 위해

이목구비 뭉개진, 환하디환한 태양 아래서
중개인은 말했지
'명당이에요. 슬픔은 그들이 다 가져갔거든요.'

그래?
툭툭 떨어진 발가락 같은 돌멩이들
진물처럼 조용히 흘러내리는 실개천
나균인 듯 들러붙는 납거미 거미줄
돌마다 물마다 스민 얼
나는 손목 없는 그들에게 악수를 청한다
병이 깊어질수록 본능은 더 승해졌다지

그래선가?
이 곳의 바람은 쓸개를 훑으며 분다

의뭉스런 새벽안개
화농의 상처 덧나는 석양의 때
발정 난 들고양이 집요한 울음소리

이곳에 와 나는 살아간다
죽어 간다
영혼의 문둥병자가 되어
잊고, 잊혀진 채
뭉텅뭉텅 문드러지는 살점
내 몸 냄새를 맡는다
먼 훗날, 누군가 이 곳에 들러 같은 말을 들으리라
'명당이에요. 슬픔은 그들이 다 가져갔거든요.'

파르스름하게

달빛 깔린 눈밭 위를 맨발로 발 없는 사람처럼, 그림자 없는 사람처럼, 언 입김보다 파르스름하게, 등 뒤로 다가서는 아이야. 헝클어진 머리와 때 절은 손톱으로 지네 발 만큼 많은 내 가슴의 단추를 하나씩 푸는 아이야. 친구 될 생각 없다면서, 혼자 있고 싶다면서 터널 같은 눈으로 날 빨아들이는 아이야. 몇 살? 이라는 물음에 이백 살 된 열두 살이라 말하고 앞으로도 늘 열두 살일 아이야. 내 아물지 않은 자상(刺傷)이 뱀처럼 기어간 흔적 곰곰 들여다보고 마른 피 핥아 주는 창백한 아이야. 널 초대하지 않은 어느 날, 온몸의 구멍으로 피 흘리며 방문 앞에 서 있던 아이야. 입가에 묻은 피 닦지도 않은 채 차가운 입맞춤을 퍼붓는 아이야. 늘 홀로인 방에, 내 안의 캄캄한 방에 비리고 비린 알몸의 향기를 더 캄캄하게 퍼뜨리는 아이야. 누구냐? 하는 물음에 '너'라고 중얼거리는, 자꾸 중얼거리는 흡혈의 아이. 얼음꽃처럼 녹아 버릴, 소름 끼치도록 아, 아름다운, 죽일 수도 살릴 수도 없는 아이, 나의 소녀야.

해삼

바다의 남근이 배달돼 왔다
상자를 열자
걸쭉한 향내가 풍겨 나온다
무정자증의 사내들
물컹한 뿔 세우고
어슬렁거리는 대도시 가로질러
내 안으로 성큼 들어선 캄브리아기 바다
거무튀튀한 바다의 조르바
도마 위에서 꿈틀거린다
토막 내도 토막대로 다시 살아나는
고생대의 영혼
바다를 구워 먹으랴
바다를 삶아 먹으랴
날것인 채
널 삼키니
내 깊은 허기로 극피의 밀물이 든다

여울의 거울

가을에 거울을 본다
흐르는 거울을 본다
흔들리는 거울을 본다
노래하는 거울
목 긴 거울이다
목쉰 거울이다
거울의 가슴은
돌멩이투성이
급류의 들끓는 소리를 내며
거울은
안개에 눈이 멀기도 한다
술을 마시듯
한잔의 노을을 마신다
굽이치는 내 안의, 밖의 여울
여울의 거울
가을에 거울의 여울을 본다
들여다볼수록 내가 안 보이는 거울이다

2부

무대 뒤편에서

예술의 전당 콘서트장 가장 싼 좌석은 무대 뒤편, 오케스트라가 등진 합창석이다. 앞만 바라보는 악기들의 과한 전향을 감수해야 하는 이 자리는 부록의 자리, 탁상 달력의 십이월 그 뒤 딱딱한 뒷장이다. 누구나 앉을 수 있으나 누구나 앉지는 않는 자리, 음악을 하는 자와 음악을 사는 자가 있다면 음악으로 사는 자들의 자리, 악(樂), 악에 미친 자들의 자리. 가장 간절하고 가장 가난한, 가나안의 자리. 연주자들의 뒤통수만 바라봐야 하는 이곳에도 그러나 호사가 있으니 지휘자의 열정적인 앞모습을 볼 수 있다는 것. 게다가 운이 좋아(아니, 오랜 기다림의 줄서기 끝에) 21, 22, 23, 24번 중 한 곳에라도 앉는다면 피아니스트의 손가락 하나 그 미세한 진동에 솜털이 떨리는, 소리의 활어회를 먹는 행운을 누리기도 한다. 이곳의 유령 같은 청중들은 조는 법이 없다. 즐기는커녕 허리를 의자에 대지도 않은 채 온몸 귓바퀴가 된다. 초대받은 VIP 청중들이 공감과 졸음 사이를 교묘히 오가는 중에도. 변방의 자리, 등급 없는 그림자 청중들을 위해 언젠가 로스트로포비치는 뒤돌아서 앙코르 곡을 연주한 적이 있다. 뽕나무에 오른 삭개오에게 손짓하던 예수처럼.

이란산 석류 1

방글라데시 하와 악테르 주이의 손가락 잘린 주먹
스물한 살 주이의 죄는
남편도 못 간 대학에 들어간 일
무학의 남편은 그녀의 눈 가리고
청테이프로 입 막은 채
오른쪽 다섯 개 손가락 서슴없이 잘랐지

석류를 산다
백화점 환한 조명 아래
수북이 쌓여 세일 중인
이슬람 석류
피투성이 주먹 같은
석류

단지한 손목, 피 묻은 붕대 사이 연필을 묶고
두꺼운 안경 낀 주이, 편지를 쓰네
수많은 주이들의 알알이 맺힌 이야기

만 원에 네 개
석류를 쪼갠다
벵골만에서 보내온 주이의 편지
소름 돋듯 박힌 붉은 글자들
충혈된 눈동자들
채 흘리지 못한 피눈물
입 안 가득 퍼지는
죽음의 향내
언제나 침묵 중인 알라처럼
입 안 가득 석류를 물고
다만 입을 다문다

분실된 재

　그의 소망은 죽어 노동절의 야라강에 뿌려지는 것. 느릅나무 아래 낡은 펠트 모자 쓰고 노동자와 실업자를 위해 연설했던 아나키스트 존 윌리엄 플레밍. 그러나 그의 사후 친구들은 유골을 분실했다. 아무 재면 어떠냐? 누군가의 제안에 따라 1950년 5월 1일, 무연고의 재 한 통이 야라강에 뿌려졌다. 육십여 년 핍박, 체포, 구금을 무릅쓴 그의 절규가 멜버른의 바람 속에 흩어져 갔다.* 그가 그토록 사랑하던 노동자들의 노동절 행사에 그는 끝내 참가할 수 없었다.

* 「조한욱의 서양사람(史覽)」 참조.

言魚의 죽음

세계에서 단 한 명. 알래스카 에약(Eyak)어로 말하던 마리 스미스 존스가 팔십구 세로 사망하다. 한때 누군가의 입에서 입으로 헤엄쳐 가던 우비크, 쿠페뇨, 맹크스, 쿤월, 음바바람, 메로에, 컴브리아어의 아가미와 지느러미가 포식어에 먹혀 사라지다. 마지막 숨을 헐떡이는 만다린어와 광둥어. 머리를 돌리고 허리를 자르고 꼬리를 잡아채고 속 깊이 뼈를 감추어 스스로 빛나는 검이었던 말의 물고기들이 푸른 행성의 대양 밖으로 떠나가다. 파푸아뉴기니, 인도네시아, 나이지리아, 멕시코, 카메룬……에서 말의 어부들이 마지막 그물을 거두어들이다. 나에게서 그대에게로 건너가던 가슴의 입술, 입술의 여린 살점이 울부짖음 없이 조용히 뭉개지다.

코끼리

　오늘도 그녀는 위층 남자의 소변 소리에 잠을 깬다. 새벽 여섯 시, 한 번도 본 적 없는 남자는 오늘도 건재하시다. 누런 오줌 줄기가 튀어 이마를 때리는 듯하다. 아니, 그가 뿜어내는 정액을 뒤집어쓴 듯하다. 묘한 모멸감 속에 그녀는 침상에 그대로 누운 채 한 마리 거대한 코끼리를 상상한다. 주체할 수 없는 긴 코를 새벽마다 사납게 휘두르는 코끼리. 어느 날 서커스장의 코끼리가 공연 도중 무대를 가로질러 도망갔다지. 의식 있는 코끼리라며 박수를 보냈었지. 추격 끝에 잡히고만 코끼리가 위층에 갇혀 있는지도 모른다는 상상. 그러고 보니 쿵쿵 울려오는 발소리마저 사람의 것이라 하기엔 너무 느리고 둔중하다는 생각이 든다. 그렇다면 그녀는 코끼리 발밑에 깔린 채 숨 쉬고 밥 먹고 잠든 것이다. 알 수 없는 두통과 가슴의 짓눌림도 그 때문인 것이다. 희부윰히 날이 밝아 온다. 묵직한 머리를 겨우 일으켜 진흙 같은 커피 한 잔으로 허기를 메운 그녀. 코끼리가 그렇듯 그녀 또한 하루빨리 이 수렁 같은 원룸에서의 탈출을 꿈꾸며 엘리베이터 앞에 선다. 마침 위층에서 내려온 엘리베이터 문이 열리고 그녀는 좁은 공간을 가득 채운 상상 속의 코끼리를 마주한다. 일찍이 코끼리의 눈을 그렇게 가까이 바라본 적이 있었던가. 저리 깊고 서늘하고 아름답게 무심한 눈이라니, 그 사이 성기처럼 늘어뜨린 긴 코라니…… 조련사도 없이 또 다른 서커스장을 향해 느린 발걸음 떼는 그를 바라보며 그녀는 생각한다. "내가 아직 잠이 덜 깬 게야" 뻑뻑한 눈을 비비며 문을 나서자 어제와 다르지 않은 끈적하고 후덥지근한 공기가 비닐처럼 얼굴에 들러붙는다.

아이러니스트

밀물의 밤
내 안의 썰물
심야방송 끝난 TV 화면 속 지직거리는 물결무늬

나는 생각한다
밤의 수족관 밑바닥에 죽은 듯 엎드린 물고기의 두통
시체 안치실에서 불현듯 발기하는 음경
아무리 곱씹어도 소화되지 않는 허무의 살덩이
내 안에 쌍두사처럼 붙어 있는 밀실공포증과 광장공포증
벙어리 책들이 와글거리는 서점의 고요와 소요
사지가 잘린 채 태어난 태호, 태호의 말간 웃음
해골에서 터져 나오는 웃음을
그리고 또 나는 생각한다
턱이 잘린 아기 고양이 차차
요요한 곡선에서 직선이 되어 버린 금강의 어이없는 슬픔
내, 네 얼굴 밑에 숨어 있는 수만의 얼굴들
후안무치의 죄의식과 베토벤의 마지막 사중주곡 '울적한
기쁨'
갓 몸 푼 산모가 들이키고 피 묻은 아기 씻겨야 하는 아

프리카 진흙탕 물
　　최고의 아이러니스트인 신(神)
　　그의 어긋난 날개를 생각한다
　　비대칭의 아름다움에 대해
　　새장 안에 넣으면 색깔이 바뀐다는 파랑새에 대해

　　아, 저 물결무늬는
　　우주 탄생 대폭발의 잔재라지, 아마

트레드밀

우리는 달린다

폐곡선 위

땀내 나는 수많은 발바닥을 신고

전진 없는 질주

머리 꼬리 없이

해와 달 바뀌도록

달리고 달려도

언제나 제자리

우리 안의 맹수처럼

쉭쉭거리며, 헐떡거리며

속도를 올릴수록

점점 뒤로 밀리는, 헛도는

피댓줄의 시간

서툰 조련사 같은 다리들

질기디 질긴 검은 등짝

번갈아 밟아 대도

우리는 한 걸음도 뗄 수 없다

우리는 우리를 벗어날 수 없다

그대들은 어떤가

궤도 이탈 없는 태양의 행성들

모래시계 속 붉은 모래

컨베이어벨트처럼 돌고 도는 핏줄들

둥글게 자기 꼬리 물고 있는 오우로보로스(Ouroboros)의
시간

그 사이

녹슨 관절들 삐걱거리는 소리

무척추의 척추에 올라타

연신 발 구르는

당신도 우리도 갈 곳이

없다

낙타 근성

'절전' 붉은 글씨 아래 찜통 같은 사무실. 누렇게 뜬 m 의 얼굴 위로 서류철이 날아온다. 흩어진 서류. 한 장 한 장 그러모아 돌아서는 굽은 등. 채찍처럼 욕설이 휘감긴다. 이번 달 실적도 최하위란다. 재떨이나 컵이 아니었음이 다 행. 무릎이 저려 온다. 무릎에도 물이 차나 보다. 낙타를 생 각한다. 채찍 휘두르는 낙타 몰이꾼 앞에 주저앉은 옹이 진 무릎. 떨리는 낙타의 긴 속눈썹…… . 저녁 회식 자리. 간 염 보균에 알코올 분해 효소도 없는 m. 그의 앞으로 연거 푸 술잔이 밀려든다. '꽁해 있지 말고 어서 마셔, 마시라구'. 꽁한 남자가 돼 버린 m. 거부할 수 없는 술잔을 모래 삼키 듯 목구멍 깊숙이 털어 넣는다. 낮에 학대당한 낙타. 밤이 되면 잠든 몰이꾼의 목을 무릎으로 지긋이 눌러 죽인다지. 밤의 낙타. 낙타의 불거진 무릎. 저려 오는 무릎을 남몰래 주무르며 생각한다. 상상한다. 상상하며 잠이 든다. 화, 화, 홧덩이, 사막의 이글대는 햇덩이 같은 상사의 목을 무릎뼈 로 눌러 대는 상상. 붉으락푸르락에서 고요한 푸르름으로 변해 가는 그의 낯빛. 그러나 그도 역시 누군가의 낙타라 는 생각. 눈물은 무릎으로 차오른다. 잠들어도 풀지 못하 는 줄무늬 넥타이, 끈적한 침 흘리는 m의 목을 점점 조여

온다. 지나온 길 돌아보며 가야 할 길 바라보는 새벽의 낙
타. 그의 꿈속으로 터벅거리며…… 걸어온다.

이란산 석류 2

석류를 먹는다
이란산 석류
석류를 먹을 땐 귀를 열어야 해
히잡에 가려진 여인의
첩첩 비밀 같은
석류
석류는 노래한다
나는 석류를 노래한다
신랑을 모르는 신방(新房) 같은 네가
사막의 붉은 유방인 네가
검은 차도르 밑의
눈부신 알몸 열듯
스스로를 쪼갤 때
네게선 도살장 냄새가 나
코란의 칼에 베인
여인의 심장 냄새
알 가득 품은 채 배 갈라진
지중해의 아가미 냄새가 나
하여,

석류를 먹을 땐 가슴으로 먹어야 해
어느새 내 뇌수 속에 가득 차는
네 붉은 알들
차가운 너를 뜨겁게 먹을 때
너는 내게 속삭이지
죽음의 키스를 하듯
전하지 못한
검은 망토의
길고 질긴 슬픔

흑점 폭발

토요일
밤,
알몸의
여자가
서성이는
창이 있다
잠 못 드는
병상의 퀭한
눈동자가
바라보는
창이 있다
칼을
휘두르는
창
결말 없는
길고 긴 회의의
창
사디즘과 마조히즘이
격렬하게 결합하는

창
물결치는
창
빈 욕조가
보이는
창
외눈박이 별들이
달라붙은
창
수메르어를 읽는
낮은 조도의
창
아사(餓死)의
창
십이 년 전 살해된
시체를 발견하는
창
식은땀이 맺히는
창

키스 마라톤이
생중계되는
창
벽 속에
오십오 년 동안 갇힌 고양이 미라가 우는
창
소리 없이 돌아가는
오르골의
창
아름다운 비밀의 행성
티케(Tyche)가 비치는
창
바로 곁
찌그러진 화면
홀로 바라보는 좀비의
창
사라진 악기
아르페지오네를 켜는
창,

창들……
태양의 흑점 폭발로 통신이 두절되고 있다
소멸로 가는 길 위에서
연이어 흑점이 폭발하리라 한다
자기폭풍이 몰려온다

향기의 바이러스

나는 향기의 불감증 환자

'세계맛과향주식회사'는 뉴욕 10번가 75번 거리에 있다
나는 향기의 작곡가
코드 만들기에 여념이 없다
냄새의 화음들 번갈아 누르며
톱 노트와 미들 노트, 베이스 노트를 그린다
마지막 잔향인 베이스 노트는
역시 동물적이어야 제격
야행성 고양이 항문의 영묘향, 노루 내장 붉은 사향의
주춧돌
비밀의 비커 속에서 발효 중인
장미와 죽은 개, 백단나무의 공포, 흰 붓꽃과 범죄……
단풍나무시럽병에 걸린 달큰한 아기향도 빠뜨릴 수 없다

나는 향기의 불감증 환자

性과 聖의 미묘한 배합으로
신과 짐승을 낳는

조향사

마비된 코의 태반에서 태어나는

포이즌poison, 마이씬my sin, 타부tabu, 데카당스
decadence……

금단과 불안의 향내를 세상에 퍼뜨린다

향기에 감염된 사람들

뺨에 향선이 있는 고양이처럼

다른 뺨을 찾아 오늘도 밤의 거리를 헤맨다

아빠가 다른 쌍둥이

아빠가 다른 쌍둥이 사이좋게 태어났습니다
남이 아닌 것처럼, 남인 것처럼

엄마를 나누어 갖는 건 엄마가 없는 것과 같습니다

뱃속부터 우린 우리의 세계가 있었습니다

우린 서로의 발가락을 빨며 살았습니다
서로가 서로의 양식인 줄 이미 알았습니다

누가 낮의 씨인지 밤의 씨인지
그런 건 중요하지 않습니다
어쨌든 우린 같은 별자리를 가졌으니까요

아빠가 다른 쌍둥이 다투며 태어납니다
유신론자인 무신론자처럼
무신론자인 유신론자처럼

아무도 모르게

요즘 뜨는 신생 사업은 '유품 정리업'
'홀로 죽음'의 사후 처리가 비즈니스로 떠올랐다
간신히 찾아낸 유족들의 '아무도 모르게' 요청에 따라
혈흔 제거는 극비리에 이루어진다

각방을 쓴 지 한참 되었다
방문을 닫으면 옆 방의 그가
숨을 쉬는지
잠시 숨을 멈추었는지
뒤척이는지
숨죽여 울고 있는지
아무도 모르게
수음 중인지
알 수가 없다

사후 육 년 만에 발견된 사내가 있다
부패와 발효도 멈춘 사내
악취도 사라져 버린 사내
(그러나 월세는 꼬박꼬박 낸)

아무도 모르게
홀로 미라가 된 주검

우리의 아침 인사는 늘 간단하다
안녕?
안녕!
너무 쉽게
아무도 모르게

일요일의 일기

월요일

돈을 빼앗겼다

화요일

놀림을 당했다

수요일

교복이 찢겨졌다

목요일

몸에 상처를 입고 피를 흘렸다

금요일

모든 것이 끝났다

토요일

드디어 해방됐다*

걱정인형을

무표정한 걱정인형을

안고 잠들던 아이는

여섯 날의 일기를 써놓고

일요일의 일기를 쓰지 못했네

쓰지 못했네
일요일의 일기

걱정인형의
움푹 파인 눈동자 내려다보며
걱정인형이
올려다보는 천장에

목
을
맸
으
므
로
.

일요일엔

* 13살 학생의 일기

조롱

조롱 속엔
열쇠 없는
조롱 속엔
산다
죽은 듯
산다
잘린 하늘
때 묻은 구름
에코 없는 에코
토막 난 수평선
산다
죽은 듯
산다
비어도
무거운 뼈
검은 태
양 아래
말라붙은 피
식어 버린 알

산다
죽은 듯
꺾인 채 자라는
날갯죽지
저음부 사라진 노래
담장을 넘는
장미의 마음
가방의
거실의
승강기의
국민교육헌장의
전화기의
모니터의
.

.

네 사랑의
조롱 속엔
조롱도 모르는

조롱이

산다

죽은 듯

3부

탯줄의 뜨개질

석양의 다락방
흔들의자 위
여자는 살갗 트인 복부 깊숙한 곳에서
붉은 탯줄을 꺼내
뜨개질을 한다.
아들의 스웨터를 짜는 중
게이지가 필요 없는 작은 스웨터
코가 자꾸 빠진다
여자에게서 자꾸 빠져나가려는 아이처럼
여자는 어미가 여자를 위해 떠 주었던
스웨터를 기억한다
끔찍하게 작고 질겼던 스웨터
환삼덩굴처럼 목 조르던 까슬한 감촉
이 옷을 그 애가 좋아할까?
들어가지 않는 머리통을 어떻게 구겨 넣을까?
잡념을 털어 버리고 여자는
뜨개질에만 몰두하기로 한다
여자의 온몸이 털실 뭉치인 양
탯줄은 끝도 없이 빠져나온다

아비보다 머리 하나가 더 큰 아들
성큼 들어서고
여자는 반쯤 완성된 탯줄의 스웨터를
자랑스레 들어 보인다
'어디 한번 대어 보자'
얼굴이 일그러지며 코를 감싸 쥔 아들의 외마디소리
'아, 이 악취, 환기 좀 하세요. 세탁기 속에서 한 번 돌고
나오시던가'
터진 양수처럼 흥건한 노을 속에서
여자는 이곳이 다락방인지 지하실인지
도통 알 수 없다고 중얼거린다
아들이 풀어 버린 스웨터의 코를
주섬주섬 주워 다시 잇기 시작한다

에스프레소

잿빛 오후

철사 코트를 걸친 그녀, 찻집으로 들어선다

속옷이 살짝 살짝 보인다

철사 브래지어 철사 스타킹 철사 팬티

알몸을 빼놓고는 철사 아닌 것이 없다

수용소 여인처럼 비죽거리는 머리카락

퀭한 눈빛

(남아 있는 그녀의 미모와 몸매가 과거의 화사함을 암시)

그러나 지금은 창살 같은 철사 옷

(카페 안의 손님들, 안 보는 척 그녀를 흘금거린다)

그녀, 아무에게도 눈길 주지 않은 채

목과 허리 꼿꼿이 세워

에스프레소를 마신다

'녹물 같아, 부식의 냄새……'

(소리 없는 그녀의 속말)

몸을 조금씩 움직일 때마다

삐걱거리는 붕괴의 소리

석양을 등지고 앉아 있는

앙상한 미라

처서

망초 꽃잎 속에 상제나비가 꽂혀 있다. 날개 달린 서표

당신이 서표를 건넸을 때 난 그것을 책에 꽂지 못하였다. 심장 속에 날개 접은 나비처럼 가만히 꽂혀 있는 서표. 나비인 줄 알았더니 차라리 단도다. 마음이,

조금씩 움직이려 할 때마다 그것은 서슴없이 찔러 댄다. 약속을 환기시키듯, 조용히 그러나 엄하게 꾸짖듯. 때로,

그것은 당신의 손바닥처럼 차가운 심장을 쓰다듬기도 하나 보다. 처서의 가슴 위에 손을 얹으면 겹쳐지는 서표의 서늘한 촉감. 곧 제 리듬을 되찾은 심장을 놓아주고 난 그만 단풍처럼 나른해진다

가을의 부적 같은 상제나비
부적의 무늬는 망초 꽃술 마른 핏빛
부적의 위안과 경고

나비와 단도와 손바닥의 부적

사이에서 날들이 흘러간다. 저승으로 흐르는 강물처럼

   망초의 마음이 되어 나비를 바라본다. 망자의 발자국을
남겨 놓고 쉬 떠나갈 상제나비의 마음은 외면한 채, 저도
아프리라, 아프리라 중얼거려 보는 것이다.

뮈토스

당신보다 더 늙은이 또 있을까
말 없는 늙은이의 품속처럼
아늑하고 아득한 곳 또 있을까
구수한 곰팡내 나는 당신의 늑골 베고 누우면
당신 속으로 난 무수한 계단이 보이고
주름만큼 빼곡한 서랍들이 보이네
당신보다 젊다는 이유 하나만으로
(실은 당신의 빛나는 늙음이 부럽기만 하여)
난 겁도 없이 당신 가슴 속 서랍들
하나씩 빼 보는 것이네
눈 감고도 찾을 수 있는 당신의 정리벽이
놀랍기만 한데
당신의 판도라가 되어 고리를 당길 때마다
튀어나오는 무수한 별자리들, 괴물들의 두상과 주술, 사
라진 것들의 울음, 날개의 잔해……
숱한 낮과 밤의 이야기들이
당신의 절절한 사연이었음을
이제야 알겠네
당신 품에 안긴

내 몸 밖으로
해와 달 번갈아 뜨고 지네
순번 없는 계절
물러섰다 다가서네
당신에게 안기는 건
당신의 한 페이지 살갗이 되는 것
어느새 나 또한 당신의 에피소드가 되어
차곡차곡 접혀 서랍 속으로 들어가고 있네
제 발로 들어가고 있네
당신의 만년설 같은 백발이 치렁치렁해지는 동안

아흔한 살

그는 홀수다
그의 다리도 지팡이와 함께 홀수다
그가 평생 지켜 온 안식일 또한 홀수의 날
시력이 남은 한쪽 눈만으로
그는 독수리 같은 파노라마의 시야를 갖고 있다
보이는 것보다 보이지 않는 것을 더 많이 본다
그의 귀는 개기일식처럼 캄캄하나
그는 얼굴 가득 새로운 귀를 달고 있다
송이(松栮)가 소나무의 귀이듯
송림의 그늘 같은 얼굴 가득 피어난 검버섯
날마다 죽고 날마다 태어나는
그는 다섯 잠을 자고 난 정점의 누에다
그의 틀니는
바퀴살이 몇 개 남지 않은 수레바퀴처럼 덜컹거리나
다시 흑발이 돋아나는 그의 머리카락은
대지의 뿌리로 뒤엉켜 있다
허물어져 가는 그의 살덩이는
정신으로 발효 중인 것이다
때로 그는 분명치 않은 발음으로

분명하게 자신을 향해 중얼거린다
달은 해로부터 가장 멀어졌을 때 보름달이 된다고
물고기좌 시대에서 물병좌 시대로 넘어가는
천체의 시계를 바라보며
노스트라다무스 예언서의 마지막 장을 쓰는
그에게서 갓 태어난 아기 냄새가 난다

붉은 이리 여인

이건 돌보다 오래된 이야기

내 증조할머니는 여걸이었다지. 그녀의 취미는 뼈 모으기. 할머니 고방엔 온갖 짐승들 뼈로 그득했다더군. 만월의 밤, 그녀 홀로 드리는 뼈의 제사. 달과 뼈의 푸르스름한 서기에 싸여 노래와 춤이 시작되면 누워 있던 뼈들이 달그락 달그락 일어섰다네. 거짓말처럼 살이 오르고 털이 자라나 날렵한 꼬리까지…… 어느새 그녀는 사라지고 불의 혀를 가진 붉은 이리 한 마리, 옆구리 가득 달빛 받으며 소문처럼 달려가던 밤. 이리 울음소리, 여인의 높은 웃음소리 흥 건히 뒤섞여 첩첩 비밀이 쌓이던 영월의 밤.

이건 돌보다 오래된 이야기

엿보던 딸이 혼절한 사이 이리가, 아니 할머니가, 아니 이리가 어디를, 얼마나 헤매 다녔는지 알 수는 없으나 새벽 녘, 열에 들뜬 이마를 짚어 주던 그녀의 손은 태양처럼 뜨 겁기도 달처럼 차갑기도 했다네. 그즈음 마을에선 죽어 가 던 이가 살아났다는 소문이 돌았다지.

이건 돌보다 오래된 이야기

어미는 이것이 꿈이었는지 생시였는지 지금도 알 수 없다 하나, 어미의 어미를 건너 나의 취미 또한 뼈 모으기. 담비, 삵, 아무르표범, 사향노루……

사라져 가는 것들의 뼈에 싸여 가만히 귀 기울이면 내심장에서, 서혜부에서. 겨드랑이에서 새어 나오는 붉디붉은 울음소리, 멈추지 않는 깊고 낮은 하울링……

사라진 도서관

도서관이 사라졌다
익숙했던 내 의자가 없어졌다
빌려온 책들의 반납 기일 아직 한참 남았는데

고백하건대
책을 읽는 대신 나는
도서관의 책들을 한 장씩 씹어 먹었다
젖을 먹어야 할 때 그림 형제의 삽화
초경이 시작될 무렵 데미안의 알
머리에 피 마르기 시작했을 때 사랑의 기술
아무리 기다려도 피 다 마르지 않아
북회귀선의 금지된 선, 위기의 여자를
자근자근 씹어 먹었다
그 낡은 도서관의 책들
한 권씩 뽑아 들 때마다
도서관의 갈빗대 하나씩 뽑혀
조금씩 허물어지고 있다는 걸
그때는 몰랐다
책은 먹을수록 허기져 자꾸 먹어 댔고

내가 뜯어 먹는 것이 피와 살덩이인 줄
그땐 정말 몰랐다
개정판 사전도 베스트셀러도 없던
사라진 말들의 유적지
폐관 시간도 없이 모든 게 무료였던
나의 파라다이스
책만큼이나 많은 돌무더기
찬란한 폐허
낡은 도서관 내 어머니
내가 파먹은 그의 부장품들
아직도 입 속에서 우물거리고만 있는
이 경전들 어쩌라고

사라진 도서관 한 채
관 속에 누워 있다

공기인형

생일이 있었으면
(누군가 불러 주는 노래)

그림자가 있었으면
(떠나지 않는 친구처럼)

살갗에 소름이 돋았으면
(질문에 대답할 수 없을 때)

나는 너의 러브 바디

감염될 수 있었으면
(따뜻해지게)

소소한 아침이 있었으면
(밤뿐인 내게)

두근거렸으면
(봄의 입술과 겨울의 심장으로)

나는 너의 러브 바디

부레 없는 바람 대신 안개
(안개 대신 피)

살의, 살의 기억이 남았으면
(씻고 씻어 내도)

아아, 익사할 수 있었으면
(심해어처럼 멋진 익사체)

쓰레기 하치장
피처럼 빠져나가는 바람
감기지 않는 눈알
홉뜬 채
기역자로 꺾여
납작해지며
점점 납작해지며

가방

묵으면
무엇이든 오래 묵으면
귀신이 된다

당신의 유품인
낡은 가죽 가방
수태와 낙태 되풀이한
뱃가죽처럼 주름진 가방
부검하듯 지퍼를 열면
우심방 좌심실
가방 속 방이 있다
녹슨 열쇠
(미처 열지 못한 문)
구겨진 약 처방전
(구겨진 구원)
손지갑 속 가족사진
(뿔뿔이 흩어진)
얼룩진 손거울, 검붉은 립스틱……
(그려 넣은 웃음)

바람의 무두질로
살갗 튼 가죽 가방
소가죽 아닌
소 같은 당신
가죽이었던 가방

마지막 얼굴처럼
입 크게 벌린 채
너무 늦게 온
날 바라보는

심해어 횟집

심해어 횟집은 시즈오카현의 니시이즈에 있다 죽은 네 가슴의
문을 열듯 횟집 문을 연다

심심한 심해어
홀로 귀신 놀이 하던 심해어
햇살과 바람 그 아래
소리와 무지개 그 아래
바닥의 바닥에 배를 대고
차디차게 죽은 듯 엎드려
눈알이 한쪽으로 몰리도록
눈알이 튀어나오도록
그 눈알 다 사라지도록
부유의 부레도 없이
기다림, 기다란 기다림의 심해어

산 듯, 죽은 듯
지루하고 짧았던 너의 십칠 년
물 없는 수족관 속의 낮과 밤

네 살점을 먹듯
내 살점을 먹듯
먹장어의 먹먹한 밤을
아귀의 허기를
무척추동물 같았던 너의
바다진흙 이야기를
곰곰, 천천히 씹는다

긴 겨울잠

삼만 년 전 북극 다람쥐가 물어다 놓았던 빙하기 씨앗이 꽃을 피웠다. 방사성탄소연대측정법으로 삼만 천팔백 살 된 실레네 스테노필라. 눈발처럼 희고 청아한 꽃. 눈의 향기, 눈의 소리, 눈의 사라지는 촉감을 느끼며 널 생각한다.

너는 지상에서 가장 온도가 낮은 자/
빙하 구혈만큼 눈이 깊은 자/
이기적이도록 과묵한 자/
너에 대해 쓰려니 벌써 손이 곱는군/
서리 같은 소름이 돋는군/
네게서 나오는 드문 말들/
내게 오기 전 고드름처럼 얼어붙어/
허나, 난 그걸 막대 사탕처럼 빨아 먹지는 않겠다/
설표 한 마리 품지 않는 막막한 설산 같은 너/
네 굴곡진 곳에 로프를 걸고 오르려 하나/
나의 밧줄은, 핏줄은 너무 뜨거워 걸리지 않는다/
낡은 쇄빙선 같은 나의 사랑/
버릴 수, 부술 수 없는 얼음 애인/
널 바라볼수록 나는 사라져가……/

너와의 아이는 이목구비가 없을 것 같다/

오늘도 너는 창백한 손가락 움직여/

너와 나의 빙하기로 눈보라를 불러내는구나/

백색잡음 같은 눈보라의 소나타/

G#과 Ab의 차이는 무엇일까/

몇 개 남지 않은 손가락으로 널 연주하려 하나 나는 설
해목처럼 무력해/

얼음 사막 위/

심장을 쏟아부은 듯 피로해/

검은 씨앗처럼 남은 두 눈 뜨고/

네 깊은 백색 골짜기/

입김도 얼어붙는 그 곳에서/

마지막 긴 겨울잠에 들려 한다/

손난로 인형

추운 금요일
저녁, 눈 내린다
21세기 사랑법을 생각하다
전자레인지 속에 손난로 인형을 넣고 돌린다

30초 후에 따뜻해진다
30분 후에 식는다
(널 넣으면?)

뜸들이지 말고 깔끔하게
언제나 갓 구운 빵처럼
(막 시작되는 연애인 척)

재료마다 타이머가 달라요
조리 도구는 버튼뿐
(아무렴, 타이밍과 스킨쉽은 그때그때 다르게)

작동법은 단순하나 자칫 방심할 시,
겉은 뜨거운데 속은 차가울 수도

말랑해지라 했는데 딱딱해질 수도

펑! 터져 산산이 흩어질 수도

(작동 중엔 몸체로부터 30cm 이상 떨어져 있을 것)

저녁 눈 붐빈다

에릭 사티의 '벡사시옹Vexations' 백팔 번째 듣는

영하의 어스름

전자레인지에서 꺼낸 냉동 떡 우물거리며

고작 30분의 위안이던

식은 인형을 만지작거린다

(사라진 살 만지듯)

로브그리예를 읽는 밤

　로브그리예는 이리도 친절하고 그리도 불친절해. 그의 섬세함과 무심함, 빙정 같은 투명과 굴형 같은 두터움, 전위적인 누보와 고전적인 턱수염을 난 사랑해. 널 사랑하듯이. 협주곡은 2악장만 듣고 추리소설은 절대 읽지 않는 내게 그는 얼마나 아늑하고 섬뜩한지. 없는 듯 있고 있는 듯 사라지는 족속들. 가령, 구름이나 오로라 챠크라 달무리 해무리 금빛 먼지…… 따위. 너의 희미함에 대해, 늘 모퉁이를 돌아서는 너의 뒷등에 대해 그러나 로브그리예처럼 현재 시제로만 말할 수는 없어. 너와 나의 시제는 중음(中陰)의 시제. 냉정한 그의 소설을 읽으며 뜨거웠던 나의 피를 생각해. 혼자서 펄펄 끓던 그 막무가내를. 그런 나를 그저 무연히 바라만 보던 널 얘기하려니 늙은이처럼 자꾸 중얼거리게 되는군. 지루한 화법. 사실 사막의 회전초처럼 끝도 없이 굴러가는 이 얘기 계속할 생각은 없어. 그나저나 너, 아직 항온동물이지? 난 다행인지 불행인지 변온동물로 퇴화 중이야. 진화인가? 언젠가 버겁던 피가 차디차게 식어 소름이 비늘로 바뀌고 자꾸 잘리는 꼬리가 생기고 급기야는 사지가 사라져 죽음 같은 겨울잠에 빠져들지도 모르지. 그러기 전에, 이 밤이 또 벌레 먹은 밤처럼 가 버리기 전에

너와 나의 연대기처럼 줄거리도 없는 로브그리예를 다시
펼쳐 드는 거야. 그런데 대체 어디까지 읽었더라?

편지

나는 네게 글을 보내지 않았다

바다는 가장 난폭한 순간에 정지해
바위를 세우고
나는 외눈처럼 외로운 시간에
내 가장 깊숙한 뼈를 뽑아 든다
검은 피 찍어 쓰는 뼈의 붓 한 자루

나의 필법은
일필휘지의 유려함이 아니라 눌변의 온박음질
처음 재봉틀 앞에 앉았을 때
자꾸 우는 천 위에서 튕겨 나가던 바늘
그런 보법으로
내 살가죽에 한 땀 한 땀 새기는 쐐기문자

먼 데 바다가 운다, 주름을 잡으며 운다
살가죽이 운다, 우그러진다
서툰 바늘 아래서 소리도 없이 울었던 천처럼
내출혈의 밤들

파지를 만들듯 수없는 나를 구겼다 버리며
가까스로 한 장의 편지를 완성한 날

네게 보낸 건 글이 아니었다
파피루스보다 오래되고 얇아진
이미 설화가 된 나

본초자오선

천정과 천저(天底)의 중심
그곳에 내 배꼽이 있다

널 떠나보내고 그리니치로 왔다
북회귀선과 남회귀선 사이를 돌고 도는 태양의 현기증

너의 극과 극 사이에서 진자 운동 하던
내 회귀선의 한계를 생각한다

그 멈춤 없는 멀미, 널 향한 기울기였던 나의 23.5도
우기도 없이 사막만이 번식하던
내 안의 열대와 한대

지금 나의 경도는 0도
너와의 거리를 가늠하는 대신
달과 태양, 별 사이의 거리 바람의 두께를 재고 있다
새로운 항해력을 기록해야 할 때이므로

태양은 변덕스레 눈을 뜨고 감지만

저 붉은 타임 볼은 한 치의 어긋남도 없이 매일 오후 한
시에 떨어진다
그게 문제다 어긋남이 없다는 것
네 눈빛에 우직하게 맞춰 놓았던 나의 표준시

그리니치 자오선
이쪽과 저쪽에 걸쳐 나는 서 있다
나의 동과 서, 어제와 오늘을 당당히 가르며
너라는 날짜변경선을 넘으려 한다

밤, 자오선에 아름다운 황색 등이 켜지고
그 은은한 빛은 극과 극으로 이어질 것이다
북점과 남점을 통과하며 넓고, 길게 늘어날
내 영혼의 사지

너 없이 내가 서 있는 곳
그곳이 나의 본초자오선이다

철사의 뜨개질

깊은 밤
반백의 그녀, 뜨개질을 한다
둥근 철사 뭉치에서 빠져나온 철사 한 가닥
한 코를 꿸 때마다 그녀의 손톱 밑을 파고든다
손가락 끝마다 피가 맺혀 있다
(은회색 철사와 머리카락, 질감과 색깔 동일하다)
목이 높고 어깨가 과장된 철사 재킷, 철사 스커트
밑단 처리를 하지 않아도 철사는 철사답게
견고히 풀리지 않는다
'철사는 칭얼거리지 않아. 나처럼……'
(중얼거리는 그녀)
구두도 완성한다
비즈가 박힌 철사 구두
'뾰족함이 맘에 드는군. 발가락 하나쯤 잘라 내야 할 테
지만……'
(다시 중얼거리는 그녀)
냉기 도는 지하 작업실
프로코피예프의 볼륨을 한껏 높이고 그녀, 작업에 몰두
한다

펜치로 마무리한 목도리까지 두르고 집을 나선다
어디로 갈까 한참을 망설인다
'음식을 입에 넣은 것이 언제였더라?'
잃은 기억을 되찾듯 허기를 느낀 그녀
수산 시장으로 향한다
발걸음 뗄 때마다 조금씩 벗겨지는 피부
바람이 분다
한기에 소름이 비늘처럼 돋는다
횟감을 고르는 그녀, 곁으로
국방색 앞치마 두른 채
장어 껍질 벗기던 남자, 다가온다
'웬 생선이 그물째 있어'

입술 없는 자의 팬 플루트

수장(水葬)된 자들 일어나 손 흔드는
신성리 갈대밭
된바람에 뺨 내맡긴 갈대들
서로가 서로를 쳐 모로 쓰러진다
그 사이로 우우우우우……
쓰러지기 전 간질 환자의 그것이듯
음울하고 깊은 신음 소리

어둡고 추운 강의실에서 치뤘던
문서 관리 시험날
갈대처럼 여윈 그녀
거품 물며 쓰러지는 걸 보았지
그때 들었던 먼 곳의 팬 플루트 소리

지금 또 어디선가
입술 없는 사람이 팬 플루트를 부나 보다
갈대의 영혼이 우는 악기
반인반수 팬(pan)의 슬픈 전설이 흐른다
구멍마다 심장이 있는 듯 흐느끼는

반음계의 긴 독주(獨奏)
일몰 몰아오는 갈대밭에서
오래전에 죽은 한 사람을 생각한다

해초 종이

해초로 만든 종이 위에
글을 쓰면
젖무덤이 생각난다
연필로 꾹꾹 눌러 쓰면
핏물처럼
푸른 물이 배어 나올 것 같은 종이
종이 공장엔 종이가 쌓여 있다
파도처럼 물결친다
우뭇가사리 종이에선 갯내가 난다

엄마 냄새가 좋았다
분내, 양념내, 땀내, 젖내가 뒤섞인 묘한
체취
내 몸의 체취를 나는 맡을 수 없다
내 눈을 내가 볼 수 없는 것처럼

해초로 만든 종이는 죽어

다시 바다로 돌아간다
물결에서 나왔으니 물결 속으로
수많은 이야기
바다 깊은 곳에 풀어놓는다
적색 바다는 층층이 깊다

　　　　엄마 가슴 속 바다 이야기는 다 어디로
갔을까
　　　죽은 해파리처럼 매달려 있던 늘어진
젖가슴 속
　　　붉디 붉은 산호의 날들은
　　　나비고기 노란 날개 지느러미들은

엄마는 없고 나는 엄마가 되었다
우뭇가사리는 없고 종이는 있다

재생지 펄프 같은

내 가슴 위에
송곳의 펜촉으로
먹빛 문신을 새긴다

4부

젖몸살

태어난 지 세 시간
눈도 못 뜨는 아기의 작은 입술이
힘차게 젖을 빤다
저런,
아기집 사라진 내 몸속으로
전류가 관통한다
정확히는
돈다
젖이 돈다
돌다니,
와디처럼 흔적만 남은
유선이 출렁인다
어디에서 흘러든 강줄기인가

배고파 칭얼대는 아이만 보아도 뚝뚝 젖물 넘치던
풍요의 시절이 있었다
잊어버렸다는 것조차 잊고 살아온
건기의 나날

젖 물고 잠든

말을 몰라

지상에서 가장 평화로운 얼굴

양막에 싸인 산모 방

내가 되고 싶은 것

그것은 무엇인가

갓 몸 푼 어미, 태아, 어미, 태아

반복하는 동안

팽팽히 당겨 오는 젖무덤

새삼스레 젖몸살 앓듯 감싸 쥐고

문을 나선다

조용히

흰 낙타

어떤 집은 머물기 위해서가 아니라
떠나기 위해 지어진다

낡은 천막을 덮을 때 이미
천막은 걷혀진 채다

나는 신의 제물로 바쳐진
젖 색깔 흰 낙타
제물로 바쳐진다는 건
피 대신 바람으로
몸속을 채우는 일

몸속의 바람에겐
맹수의 어금니가 돋는다
돋아, 평생을 홀로 떠돌게 한다

신하도, 왕좌도 없는
일 인 왕조의 성벽 같은
혹을 세우고

경계 없는 고비 넘어가는 일

그러나 고비는 떠나도 고비 돌아와도 고비

다만 간다, 나는
몸 안의, 몸 밖의 사막

남의 먹이 따위 탐하지 못해
굶주린 낙타는
성벽이 무너지듯
혹이 먼저 주저앉는다

먼 훗날
아무도 기억 못하는
풍장의 흔적이 있다면
사라진 왕조의 깃발처럼
빛바랜 푸른 하닥만 남아 나부낀다면

누군가는 말하리라

멸하지 않는 유목의
흰 피에 대해
어떤 유물도 남기지 않은
바람과 모래의 왕국에 대해

바텐더

세상 존재하는 모든 술로
세상에 존재하지 않는 술을 만들 것

분자 요리를 만드는 셰프처럼

우선, 달걀노른자 같은 어찌씨를 추출한다.

칵테일에서 노른자는 각기 다른 맛을 교묘히 이어 주는

마술의 끈

도구 상자인 만물 사전을 펼쳐 황동의 고색창연한 잔을

꺼낸다

잔에는 '미묘한' '경이로운' 그림씨 시럽,

싱글몰트 위스키 같은 이름씨가 들어갈 것이다

프리 다이버의 바닥 없는 어두움을 넣는 것

또한 잊지 말 것

오른손엔 재료가 섞인 잔, 왼손엔 빈 잔

오른손 높이 들어 왼손의 잔에 천천히 붓는다

탄성의 긴 포물선

도저히 섞일 것 같지 않은 이질의 말들이

한 방울도 남김 없이

이 잔에서 저 잔으로 거듭 이동한다

중요한 것은 배합과 궁합

그렇다

감미료와 착색 향료 아닌

궁합

혼합통을 흔들며 춤추는 요설의 현란함도

불쇼의 난해한 짜릿함도 없는 심플한,

하수와 고수가 함께 쓰는 방식

칵테일은 매번 세계 최초여야 한다

사향쥐가죽코트

쇼윈도에 걸려 있는
사향쥐가죽코트
단추인 양 반짝이는 노회한 눈알
짧은 잿빛 털 속에서 한 번의 깜빡임도 없이
내 시선을 잡아챈다

'보온성이 뛰어나요. 한번 입어 보시죠.'

코트를 걸치자마자 내 안으로
쑤욱 파고드는 사향쥐
갑자기 부들이 먹고 싶어져
송곳니가 근지러워

두꺼운 유리문 밀고 거리로 나서네

사람들은 부주의해서 곤잘
맨홀 뚜껑을 열어 놓지
지하의 악취와 사향이 섞여 든 묘한 체취
한 덩이 어둠을 쓰윽 깔며

나는 간다

들쥐 같은 검은 골목과 하수구 지나
오래전 떠나온 진흙강 찾아
긴 꼬리인 양 끌고 다니는
내 끈적한 어둠 풀어 놓으러

늙은 무녀

회리바람 운다, 눈물도 없이
겨울 안면도
한 줄의 헌사 같은 수평선
무한 반복되는 파도의 후렴구에
열에 들뜬 이마 씻을 때
어디선가 묵시처럼 들려오는 희미한 방울 소리

제금, 징, 삼지창도 없이 마른 북어 몇 마리
흔들리는 촛대 둘 놓여 있는 초라한 제상
칠성제비꽃 같은 고깔 쓴 늙은 무녀 하나
색색의 만장 허공에 드리우고 홀로 춤을 춘다
아니, 춤이 아니다
한 손엔 방울, 한 손엔 회초리 들고 제 몸 때리고 있다
레위기 어디에도 없는 저 기이한 풍경
뺨을 가르는 바람의 작두날
작두에 발이 베어지는 무녀
만수받이하는 갈매기 두엇

술처럼 바람 들이키는 동안

나보다 먼저 취한 태양, 바위와 바위 사이
부푼 방광을 시원히 비운다

홀로의 춤에 취해 있던 그녀
갑자기 몸을 돌려
단 하나의 구경꾼인 내게로 온다
제 몸 치던 회초리로 나를 때린다
환상이다아니다환상이다
환상과 실제의 미리내 사이에서 죽은 시인들을 떠올린다
밀봉된 두루마리 풀리듯, 말려든 혀 풀리듯
그들의 이름이 주문처럼 새어 나온다
바람의 작두 위에 나, 선뜻 올라선다
다라니 외우는 서녘 노을

고깔 속 혼 서린 그녀의 눈빛, 을 본다
이런!
고깔 속 내 눈빛,
기어이 보고야 만다

그녀의 영혼을 입다

밤의 영안실
연령회(煉靈會)의 연도 소리 주문처럼 반복된다
어제 통화했던 그녀
오늘, 검은 액자 속에 조용히 들어가 있다

바라본다
그녀의 무심한 눈
과장된 웃음 뒤로 감추었던
그래서, 그녀도 우리도 깜빡 속았던
우울의 우물 같은 눈동자
속으로
내 눈자위 빨려 들어간다
눈을 따라 혼이
혼 따라 그림자가

액자 속의 그녀
서늘한 바람처럼 빠져나온다

국화 다발 사뿐히 건너

묵주의 징검돌 밟고
내 심장을
늑골을 열고
들 어 온 다

액자 속 그녀
더 이상 그곳에 없다
나, 더 이상 내가 아니다
끝없이 반복되는 기도문의 흐릿한 웅얼거림
명부의 잿빛 목소리들
메아리처럼 섞여 든다
핏줄 타고 도도히 흐르는 검은 강의
웅숭깊은 울림
밤의 영안실
안과 밖 출렁이며 넘실거린다

안개 마을

북해도에선 안개를 담은 캔을 판다

안개를 마신 자들의
눈동자
입, 코에서 안개가 흘러나온다

안개의 수심
안개의 취기
안개의 맛
안개와 미열은 같은 온도다

모자이크 처리되는 삶 같은 안개
안개는 슬픈 허밍처럼 떠돈다
안개의 족속들은 비밀이 양식이다
귓속말로도 나누어 먹지 않는다

당신은 안개 마을에 살고 있다
번지수 없는 마을
팔 뻗으면 닿을 듯 닿지 않는 거리에

안개 마을엔
곧은 길이 없다
지름길이 없다
가도 가도 다시 처음

당신에게 보낸 편지는
잉크가 번진 채 되돌아오곤 한다
분명 안개의 짓이다
당신에게 보낸 혀는
뭉텅뭉텅 잘라진다
안개가 삼켜 버린 말들의 무궁무진

미세 먼지 같은 안개 속에서 쿨룩거리는 외사랑

당신을 찾아가는 동안
뼛속까지 스미는 한기
아랫도리와 가슴이 차례로 지워진다

나는 끝없이 모호하다

그리운 그리오

홀로 헤이리 간다
내 안에서, 밖에서 들리는
아무 소리 없어
헤이리 헤매 다닌다

우연히 들어선 악기 박물관

단 하나의 청중으로
주자 없는 연주가 시작된다

샤먼의 얼후 지나
비의 정령을 부르는 레인스틱
당나귀 턱뼈 차라이나
발톱의 악기 차차스, 피를 바르고 두드리는 쿤두, 두개골
의 다무르⋯⋯

뼈와 가죽과 창자와 껍질의 악기들
악기에는 슬픈 영혼이 있다
두근두근, 둥둥, 흐느끼며, 삐걱이며, 울컥이는⋯⋯

잠잠하던 몸에서 소리가 난다
머리카락 올올이, 뼈 마디마디, 모세혈관 끝까지
떨며 공명하는 오장육부의 화음, 불협화음

악보도 없이 연주되는 온갖 음표들
마음의 오선지 위에
다 받아 적을 수 없어
나는 나를
두드린다
켠다
분다

내 안에 당도한
아니, 깊이 숨어 있던
그리운 그리오*여

* 연주와 노래를 통해 예언자 역할을 하는 아프리카 음악가

쓴다

너는 무당벌레처럼 아름답게, 나는 무당거미처럼 잔혹
하게
쓴다
어느 쪽이 더 흥미진진할지
아무도 몰라
성선설 성악설에 대한 판례가
없는 것처럼

너는 계곡수의 청량함, 나는 하수구의 악취
너는 유채색의 무지갯빛, 나는 무뚝뚝한 무채색으로
쓴다
어느 쪽이 더 영롱할지
아무도 몰라
프리즘의 조각들이 얼마만큼 쪼개질지 예측할 수
없는 것처럼

너는 마르지 않는 푸른 잉크, 나는 굳어 가는 검은 담즙
으로
쓴다

어느 쪽이 더 깊은 맛일지
아무도 몰라
미뢰에 비애의 돌기는
없는 것처럼

네게는 내게 없는 구슬, 내게는 네게 없는 구슬
이 모래알만큼 넓은 놀이터에서

검은 바다의 혀

우리에겐 혀 밖에 없어요
말할 수 없는 혀만 남았어요
누설할 수 없는 비밀의 혀
이가 사라진 뒤에도
혀는 살아남았죠

이곳은 바람이 없는 곳 그러나
노란 리본처럼 흔들리는 말미잘의 갈기
이곳은 해도 달도 없는 곳 그러나
부유하는 독성의 해월(海月)

우리는 피어나지 않을 물속의 백합
지지 않는 검은 사월의 꽃들입니다

다문 입 속으로도 상처가 나요
상한 짐승처럼
뜨겁고 짠 혀로
헌 데 핥다 보면
여린 살점도

단단해지고
영롱해질까요

흘려버린 비밀은
곧 썩은 내를 풍기죠
향기가 악취로 변하는 건
순식간의 일
추문의 속도만큼

따스했던 삼각주의 기억일랑
모래 빛깔 각피로 굳어 가는 채
수장된 수 많은 혀들
생혼 화석이 되어 가는 혀들

결사적인 비밀로
바다는, 바다의 입술은
터뜨리지 못한 울음 입에 문 채
오늘도 시퍼렇게 질려 있어요
신도들 사라진 대성당처럼

죽

죽집에 간다
홀로, 혹 둘이라도 소곤소곤
죽처럼 조용한 사람들 사이에서
죽을 기다린다
죽은 오래 걸린다 그러나
채근하는 사람은 없다
초본식물처럼 그저 나붓이 앉아
누구나 말없이 죽을 기다린다

조금은 병약한 듯
조금은 체념한 듯
조금은 모자란 듯
조그만 종지에 담겨 나오는 밑반찬처럼
소박한 어깨들

죽집의 약속은 없다
죽 앞의 과시는 없다
죽 뒤의 배신도 없을 거라 믿는다
고성이 없고

연기가 없고
원조가 없고
다툼이 없는 죽집
감칠맛도 자극도 중독도 없는
백자 같은, 백치 같은 죽

무엇이든 잘게 썰어져야
형체가 뭉개져야
반죽 같은 죽이 된다
나는 점점 죽이 되어 가는 느낌이다

요지를 이빨 사이에 낀 채 긴 트림 하는
생고기 집과 제주 흑돼지 오겹살 집 사이에
죽은 듯 죽집은 끼어 있다
죽은 후에도 죽은 먹을 수 있을 것만 같다

11월

욕실 거울 속 알몸을 바라본다
익숙하고도 낯선 날것의 나

월석 떼어 낸 그믐달처럼 앙상한 몸피 붉은 모래바람 휘
돌아나간 메마른 텃밭 공페이지뿐인 책 무엇이 어디로 빠
져나갔기에 나는 이리도 가벼운가 빈 무게로 이리도 무거
운가

강물도 야위는 상강 지나
나는 11월
11월은 편두통의 계절, 계절 없는 계절
음지의 서어나무 겉 날개도 사라지는 계절

그러나 아라파흐족들은 말하지 '모든 것이 사라진 것은
아닌 달'이라고

열엿새 가장 밝은 달 아래
명왕성에 드리는 검은 미사인 듯 거울 바라보는 동안
거울에 비치는 죽은 자와 태어날 자들의 붉고 푸른 눈

동자 거울이 뿜어내는 그들의 숨결, 수초처럼 젖은 그들의 머리카락, 그토록 무수한……

백회에 피뢰침을 꽂고 견뎌야 하는 이유

멘델의 12색상환 표를 보며 단풍과 혼인색의 채도를 맞춰 보는
나는 11월

타조

타조, 타자
낙타도 새도 아닌
낙타이며 새인
낙타새
타조, 타자

날아오르려, 오르려
한없이 길어진
울 줄도 모르는
목을 잡고
타조, 타자

낡은 숄처럼 솔기 닳은
쓸모 없는, 쓸모 있는
천치 같은 날개
타조, 타자

웃는 듯 우는 듯
멍청한 듯 달관한 듯

걸어야 할지 날아야 할지
퉁방울 눈망울
타조, 타자

고개만 묻으면
다 숨었다 생각하는
어이없는 엉덩이
타조, 타자

날개 속으로 접고 싶은
무거운 두 다리, 내 다리
타조, 타자

순해 빠진 얼굴
겁 없이 바라보는
당신 눈동자
순식간에 파먹을지 모르는,

소금

소금이 온다
곰소만 염부는 이렇게 말한다
소금이 온다고
유령처럼
손님처럼
소금의 걸음
소금의 소리
소금의 체취
온몸으로 느끼며
염부는
소금을 잡는다
앉힌다
오래 전 수장된 자들의 해골 가루 같은
소금
죽은 후에도 우는 자들의 응고된
눈물
눈꺼풀 없는 자들의 숱한
백야
어둠 속 아닌
한낮 뙤약볕 속으로 오는

뜨거운 귀신
소금 한 알갱이에 새겨진 그들의
서사

소금이 온다
나는 이렇게 말한다
식탁 위 소금을 뿌리며, 본다
누군가의 뼛가루가
누군가의 눈 뜬 밤이
흩뿌려지는 것
소금을 먹으며, 먹는다
대양도 삼킬 수 없던
태양도 녹일 수 없던
단단한 눈물
심해에서
나의 심연까지
이윽고 당도한
소름 같은 소금
나는 절여진다

먼지의 책

피로 흥건한
숨죽여 흐느끼는
가시도 없이 찌르고
칼도 없이 후벼 파는
먼지
구름처럼 시시때때로 변하고
양파처럼 무수한 껍질의
먼지
아름답지 않은 알몸의
무서울 것 없는 건달의
답은 없이 질문만 던지는
무책임한
먼지
노을 같고
비밀 같고
바람 같고
유령 같은
아무도 앉지 않는 의자의
누구도 쉬지 않는 그늘의

대형 서점 서가 맨 아랫단
실패한 혁명의 기록처럼
간신히 끼워진
묘지 냄새의
먼지
먼지가 뭔지
흰 벌레만 통독하는
얇디얇은
먼지의
책

여울들, 혹은

골아우여울
　　맛바우여울
　　　　돌바우여울
　　　　　정문이여울
　　　　　　누릅꾸지여울
　　　　　　　까치여울
　　　　　　　　꽃바위여울
　　　　　　　　　용수꾸미여울
　　　　　　　　　　　　　　돌
　　　　　　　으시시비비미여울
　　　　　　구담봉여울
　　　　　터준뎅이여울
　　　　가재여울
　　　너푼쟁이여울
　　구무여울
　단양여울
돌
　바메여울
　　수양개여울

138

날발치여울

　　노동리여울

　　　별곡리여울

　　　　도담여울

　　　　　수리여울

　　　　　수염목여울

　　　　　　　　　　돌

　　　　가메여울

　　　가제여울

　　청태머리여울

　오사리여울

……우여울

空冊

시집 한 송이
밤늦게 배달된
시집 한 송이
시집 한 마리
진흙 길 걸어온
시집 한 마리
시집 한 그루
하늘로 뿌리 벋은
시집 한 그루
시집 한 그릇
선짓국처럼 뜨거운
시집 한 그릇
시집 한 잔
노을에 취하듯
시집 한 잔
시집 한 동이
넘칠 듯 넘치지 않는
시집 한 동이
시집 한 채

불타는
시집 한 채
시집 한 량
억겁을 달려가는
시집 한 량
시집 한 아이
모래성 부숴 버린
시집 한 아이
시집 한 권
아무것도 씌어 있지 않은,

백적흑청(白赤黑靑) 사색 샐러드 시학

류신(문학평론가·중앙대 독문과 교수)

Mixed Greens

시집 『지중해의 피』를 여는 산문시 「나는 불안한 샐러드다」는 시로 쓴 머리말이다. 강기원 시의 창작 원리가 표방된 서시, 말하자면 시로 쓴 시론이다. 작품을 읽어 보면 얼른 감지할 수 있듯이, 시인은 시작(試作)의 비법을 알쏭달쏭한 언어로 위장하거나 파천황의 가설로 미화하지 않는다. 오히려 시인은 자기 시의 조리법을 낱낱이 누설한다.

투명한 볼 속에 희고 검고 파랗고 노란, 붉디붉은 것들이 봄날의 꽃밭처럼 담겨 있다. 겉도는, 섞이지 않는, 차디찬 것들. 뿌리 뽑힌, 잘게 썰어진, 뜯겨진 후에도 기죽지 않는 서

슬 퍼런 날것들. 정체 불명의 소스 아래 뒤범벅되어도 각각
제맛인, 제멋인, 화해를 모르는 화사한 것들. 불온했던, 불안
했던, 그러나 산뜻했던 내 청춘 같은 샐러드. 샐러드라는 이
름의 매혹적인 불화 한 그릇 입 속으로, 밑 빠진 검은 위장의
그릇 속으로, 생생히 밀려들어 온다. 나, 언제나 소화불량이
다. 그 체증의 힘으로, 산다, 나는. 여전히, 내내, 붉으락푸르
락 샐러드. 나는 불안한 샐러드다.

—「나는 불안한 샐러드다」

시인이 공개한 '샐러드 시학 레시피'에는 두 가지 고민이
담겨 있다. 시란 무엇인가? 나(시인)는 누구인가? 첫째, 시
는 이질적인 날것의 언어가 버무려진 불화의 샐러드다. 강
기원에게 시란, "봄날의 꽃밭처럼" 생기 넘치는 각양각색
의 언어들이 서정적 이상이란 드레싱으로 아름답게 합일
되지 않고("겉도는, 섞이지 않는"), 시적 정념으로 쉽게 달아
오르지 않으며("차디찬 것들"), 기성 시학의 전통에서 해방
되어("뿌리 뽑힌") 존재의 근거가 해체되는("잘게 썰어진") 극
한의 고통에도 불구하고("뜯겨진 후에도"), 전위적인 실험을
포기하지 않는("기죽지 않는") 언어 샐러드다. 곤죽처럼 늘
어 퍼진 풀 죽은 언어는 시적 재료로서 가치가 없다. 샐러
드의 맛은 재료의 신선함이 결정하기 때문이다. 그래서 샐
러드는 늘 "청춘"을 살아야 한다. 이 젊음의 특권은 "불온"
과 "불안"이다. 순응과 안정은 샐러드 시학의 특제 소스가

될 수 없다. 재료 고유의 품격("각각의 제맛")과 모양새("제멋")를 망각하게 만드는 정체불명의 소스, 비유하자면 "감미료와 착색 향료"(「바텐더」) 따위는 사절이다. 기성의 가치와 질서에 순응하지 않는 불화의 언어로 버무려진 싱싱한 샐러드, 바로 강기원이 추구하는 시 세계다. 그래서 시인은 자신의 시를 이렇게 부른다. "샐러드라는 이름의 매혹적인 불화 한 그릇"

둘째, 시인은 만성 언어 소화불량자이다. 시인은 불화의 샐러드를 만드는 요리사이자 시식자이다. 시인은 새로운 언어를 빚기 앞서 언어를 포식하는 자이다. 그렇다고 시인의 위장이 튼튼한 것은 아니다. 밀려들어 오는 날 언어들의 기세를 감당하기에 시인의 위장은 나약하고 민감하다. 시인의 몸으로 들어온 언어들은 조화롭게 혼합되지 않고 서로 격돌하기에 시인의 속(영혼)은 쓰리고 아프다. 시인의 위장이 검다고 묘사된 소이연은 여기에 있다. 강기원은, 언어가 시인의 영혼을 살찌우는 양식이란 통념을 신봉하지 않는다. 언어가 '존재의 집'이란 신념도 없다. 생리적으로 언어를 온전히 소화시킬 수 없는 자(언어와 대상, 언어와 현실, 언어와 인간 사이의 분열을 견디는 자), 그러나 이 체증의 갑갑한 고통을 시 쓰기의 욕망으로 부단히 치환하고자 고군분투하는 자, 그래서 긴장하고 흥분하여 낯빛이 "붉으락푸르락"해지는 자가 시인이다. 시인의 몸은 날 선 언어들이 뒤섞여 전면전을 펼치는 텍스트의 "볼"이다. 그래서 시인은 자신을 이렇게 정의한다. "나는 불안한 샐러드다."

앞서 언급했듯이, 강기원 산(産) 샐러드 시학의 맛을 결정하는 요소는 소스가 아니라 재료 고유의 식감이다. 따라서 시집 『지중해의 피』의 진미를 느끼기 위해서는 강기원 시인이 만든 샐러드의 주재료인 '희고' '붉고' '검고' '파란' 언어 샐러드 각각의 맛(정체)과 영양(역할)을 밝히는 작업이 선행되어야 할 것이다.

White

흰색은 순수의 색이다. 흰색은 색이 없는 색이다. 흰색에는 색상과 채도가 부재한다. 흰색의 물리적 깨끗함은 영혼의 순수함을 구현하는 문화적 기표로 기능한다. 강기원의 시 「해골」에 나타나는 흰색도 비슷한 상징성을 가진다. 두통이 심해("지끈거리는 관자놀이") 뇌를 단층 촬영한 엑스레이 사진에서 하얗게 윤곽을 드러낸 자신의 해골을 목도한 후 시인은 이렇게 상상한다. "내 뒤에서 말갛게/ 수치심을 모르는/ 말 배우기 이전의/ 흰 그림자처럼". 이 시구는 이렇게 해독할 수 있을 것이다. '내 육체가 세월의 풍파에 노화되고 현실의 논리에 찌들어 갈 때에도, 내 안에서 계몽화(문명화)되기 이전의 순수 상태로("말 배우기 이전의") 언제나 해맑고("말갛게") 천진하게("수치심을 모르는") 주거하는 해골아, 너는 속세의 '나' 이면에 놓인 '순수한 자아'의 분신이었구나. 비유하자면 너는 내 존재의 밑바닥에 드리워진 흰 그림자 같구나.' 일반적으로 해골은 생의 무의미함과 죽음의 공허함을 환기하는 바로크적 바니타스(Vanitas)의 대표 상징이다. 하지만 강기원은 해골에서 존재의 핵자(核子), 말하자면 "참 나"를 투시한다. 요컨대 흰 그림자는 시인이 갈망하는 순수한 진아(眞我)의 분신이다. 내 속에 드리워진 나의 본연(本然)이 흰 그림자의 정체인 것이다.

흰색은 미지의 색이다. 흰색에는 아직 어떤 형상도 표현되어 있지 않다. 그래서 침묵하는 백색 앞에 인간은 원인을 알 수 없는 두려움에 빠져든다. 흰색은 공포의 유령이다. 흰색에는 불안이 장전되어 있다. 강기원 시인은 깊은 밤 책들의 장벽 앞에서 백색의 공포에 휩싸인다.

밤의 서재에선

담즙 냄새가 난다

묘지 속 관들의 쾨쾨한 입냄새

일렬종대로 꽂혀 있는 冊들의 뼈

(…)

빙벽처럼 버티고 선 冊, 冊들 바라보며

다만 펜을 들고

영혼의 처녀막이듯

막막한 설원의 백지 위에

단 한 글자도 적지 못하는 밤

—「백색의 진혼곡」에서

시인의 상상력에 의하면 책이란 저자의 생각이 활자로 못 박힌 무덤, 저자의 언어가 생매장된 관(棺)이며, 서재는 책이라는 관들로 빼곡한 묘지이다. 이 묘지의 한복판에 선 시인은 속수무책이다. 자신을 둘러싼 관 속 유령들(책의 저자)의 침묵의 호명 앞에 속절없다. 백지 앞에 펜을 들고 있지만 단 한 글자도 적을 수 없기 때문이다. 이와 같은 시 쓰기의 환장할 막막함과 두려움은 무변광대의 설원에서 길을 잃은 조난자의 공포와 맞먹는다. 이 백색의 공포가 시인이 앓고 있는 만성 언어 소화 장애의 원인이다. 그러나 밤이 지나면 설원 위에, 하얀 백지("영혼의 처녀막") 위에 사투의 궤적이 남을 것이다. 요컨대 백색의 공포는 창작의 산고에 다름 아니다.

아무것도 씌어 있지 않은 백지 위에는 모든 것을 적을 수 있다. 흰색은 확고부동한 현실태라기보다는 무한한 가능성을 잉태한 잠재태이다. 흰색은 꽉 찬 텅 빔이자, 시작 이전의 무(無)이다. 강기원 시인이 백지로 매어 놓은 '공책'을 '시집'의 알레고리로 사용하는 맥락도 이와 무관하지 않다.

넘칠 듯 넘치지 않는
시집 한 동이

시집 한 채

불타는

시집 한 채

시집 한 량

억겁을 달려가는

시집 한 량

시집 한 아이

모래성 부숴 버린

시집 한 아이

시집 한 권

아무것도 씌어 있지 않은,

───「空冊」에서

　시인에게 시집은 전부이다. 시집은 "한 송이" 꽃이고,
"한 마리" 동물이며, "한 그루" 나무이다. 시인을 둘러싼
환경(자연)의 축소판이 시집인 셈이다. 시집은 생의 허기를
채워 주는 양식("시집 한 그릇")이자 현실의 고통을 잠시 망
각하게 하는 휴식의 음료("시집 한 잔")이며, 생존을 위해
필요한 청정한 생수("시집 한 동이")이다. 이처럼 시집은 삶
을 양육한다. 또한 시집은 삶의 근거("시집 한 채", "시집 한
량")이며, 시인이 출산한 자식("시집 한 아이")과도 같은 운
명공동체이다. 시집은 뜻하지 않은("밤늦게 배달된") 선물
이자, 지난한 고투("진흙길 걸어온")의 성과이다. 시집은 기

성의 언어를 뒤집는 전도("하늘로 뿌리 벋은")의 기획이자 그 열정의 피가 응혈된 텍스트("선짓국")이다. 시집은 도취("노을에 취하듯")와 절제("넘칠 듯 넘치지 않는")의 황금비율을 모색하는 장소이자, 소멸("불타는")과 초월("억겁을 달려가는")의 변증법이 반복되는 허무의 사상누각("모래성 부숴버린")이다. 시집은 축복이자 천형이며, 도전이자 고통이고, 모색이자 무위(無爲)이다. 시집은 모든 것의 무한한 변형과 자기 실행의 미래를 자신 안에 충전한 백지상태(tabula rasa), "아무것도 씌어 있지 않은" 공책이다.

Red

붉은색은 욕망의 색이다. 결핍은 욕망을 부르고 결핍이 채워진 욕망은 또다시 결핍을 낳는다. 욕망은 결코 온전히 충족되지 않는다. 욕망을 충족시키는 유일한 대상은 죽음뿐이다. 그렇다. 욕망은 인간을 살아가게 하는 동력이다. 욕망이 없다면 인간의 피는 더 이상 붉지 않을 것이다. 욕망 자체는 결코 죄가 될 수 없다. 원죄의 상징인 농익은 무화과를 먹는 밤, 시인의 피는 생의 의지로 더욱 뜨거워진다. 무화과의 붉은 속살(심장)을 깨무는 순간, 시인의 피는 더욱 붉어진다.

죄에 물들고 싶은 밤
무화과를 먹는다

심장 같은 무화과
자궁 같은 무화과

발정 난 들고양이 집요하게 울어 대는 여름 밤
달빛, 흰 허벅지

죄에 물들고 싶은 밤
물컹거리는
무화과를 먹는다

농익은 무화과의
찐득한 살
피 흘리는 살

——「무화과를 먹는 밤」

무화과를 향한 식욕은 시를 쓰고 싶은 가열한 욕망의
알레고리로 읽힌다. 글을 쓰고 싶은 리비도는 윤리적 금기
를 두려워하지 않는다. 어떠한 죄의식도 글쓰기 욕망에 제
동을 걸 수 없다. 시인은 이 점을 잘 안다. 그래서 글쓰기
욕망에 흠뻑 빠져든 밤이면 시인은 거침없어진다. 시인은

"살갗 트인 복부 깊숙한 곳에서/ 붉은 탯줄을 꺼내/ 뜨개질을"(「탯줄의 뜨개질」) 하는 신화 속 무녀처럼 자신의 목숨을 바쳐 언어를 직조해 간다. 무화과를 한입 베어 물은 시인은 아폴론적 사회질서 속에서 금지되고 배척되던 디오니소스적 파토스, 원시적 생명력으로 약동하는 붉은 여사제로 전신(轉身)한 것이다. 이렇게 야성을 회복하는 순간, 시인은 언중(言衆)의 통념을 배반하는 "불의 혀를 가진 붉은 이리 한 마리"(「붉은 이리 여인」)가 된다. 이 변신의 과정은 극도의 긴장을 초래하고 영혼의 탈진을 강요한다. 시인이 시 쓰기 앞에 두려워하는 또 다른 이유는 여기에 있다.

Black

검은색은 멜랑콜리의 색이다. 검은색은 비장(脾藏)에서 분비되는 담즙의 색, 우울한 체액의 색이다. 우울한 자는 애도의 절차만을 통해서는 상실한 대상과 결별을 완성하지 못한다. 그의 심중에선 상실한 대상을 향한 모종의 열망이 암약하기 때문이다. 우울한 자는 상실을 통해 오히려 대상을 소유하고자 한다. 한용운의 어법을 차용하자면, 우울한 자는, 님은 떠났지만 님을 고이 보내드리지 못한다. 현실(이미, 님은 나를 떠났다)과 이상(여전히, 나는 님과 함께 있다) 사이의 아득한 괴리감에서 촉발되는 비애로 인해 멜랑콜리커의 쓸개즙은 더욱 캄캄해진다. 여기서 흥미로운 지점은, 이 검은 쓸개즙이 시 쓰기 촉매 역할을 한다는 것이다. 강기원은 이번 시집의 「자서(自序)」에서 이렇게 밝혔다. "내 캄캄한 피 속에서 피어날 불꽃/ 내 너를 고이 따 깊은 동이 속에 쓸개즙과 함께 버무리리라". 어떤 대상을 향한 욕망과 열정과 지향은 시인의 피를 붉게 점화한다. 그러나 이 "불꽃"만으로는 시를 쓸 수 없다. 시는 욕망과 감정의 배설장이 아니다. 열망은 우울의 비애로 버무려져 곰삭아야 한다. 인고의 발효(醱酵)를 견뎌야 비로소 시가 발효(發效)된다. '붉은 피'는 '검은 잉크'로 변해야 한다.

나는 나를 잊고

내 두개골은 들짐승의 바람으로 넘실거리기 시작한다

그러나 대지의 음경 같은 둔중한 추 내 안에 있어
버짐처럼 번진 사막으로 머리채 끌고 가 내동댕이치는 깊은 밤

파르스름한 초승달의 칼 같은 눈초리 아래서

붉은 피가 검은 잉크로 변해 가는 것을 느끼며

나는 엎드려 끈적끈적한 뱃속의 잉크로

누군가의 목소리임이 분명한 침묵
그 야생의 우렁우렁함을
영원한 처녀인 모래 위에 베껴 쓴다
            ──「내 영혼의 개와 늑대의 시간」에서

  강기원 시인이 추구하는 시학을 단계별로 압축한 작품
이다. 첫째, 변신의 시간이 왔다. 기성의 나를 잊고 미지의
내가 되는 때가 왔다. 변신의 순간, 내 영혼의 무대에서는
순종을 거부한 야성의 노대바람이 춤춘다. 욕망의 피가 붉
게 타오르기 시작한다. 둘째, 인고의 시간이 왔다. 늑대로
변신한 나는 곧바로 질주할 수 없다. 내 안에 나의 마성을
억누르는 거대한 미지의 힘("대지의 음경 같은 둔중한 추")이
있기 때문이다. 결국 나는 삭막한 황야("버짐처럼 번진 사
막")에 유폐되어 어둠을 삭혀야 한다. 우울의 시간을 견뎌
야 하는 것이다. 이 암중모색의 끝에서, 나의 "붉은 피"는
"검은 잉크"로 변해 간다. 셋째, 마침내 시작(詩作)의 시간
이 왔다. 기진맥진한 나는 우울로 발효된 "끈적끈적한 뱃속
의 잉크로" 날것의 언어("야생의 우렁우렁함")를 아로새긴다.
나의 펜은 내 갈비뼈다. "나는 외눈처럼 외로운 시간에/ 내
가장 깊숙한 뼈를 뽑아 든다/ 검은 피 찍어 쓰는 뼈의 붓
한 자루"(「편지」). 나는 머리로 시를 쓰지 않는다. 나는 온

몸으로 나를 필사한다. 넷째, 무화(無化)의 시간이 왔다. 이렇게 필사적으로 쓴 시는 나의 모든 것이자 동시에 아무것도 아니다. 나는 언어가 날 구원해 주리라 믿지 않는다. 시는 언어를 세우는 것이 아니라 언어를 지우는 것이기 때문이다. 나는 썼지만 그곳에는 아무것도 씌어 있지 않다. 곧 소멸될 하얀 모래 위에 썼기 때문이다. 이 허무의 공전(空轉)에 내 애증이 얽혀 있다. 이 글쓰기의 도저한 운명애 앞에 어쩔 도리가 없다. 나는 계속 쓸 수밖에 없다.

앞서 강기원의 시는 우울의 씁쓸한 담즙에서 움튼다고 말했다. 그렇다면 시인은 구체적으로 어떤 대상과 온전히 이별하지 못했는가? 시인은 왜 멜랑콜리한가? 시인이 사용하는 검은 잉크는 어떻게 만들어 졌는가? 크게 세 가지 차원에서 우울은 발효된다.

1) 자전적 차원: 시인은 뇌성마비를 앓다가 18살에 세상을 떠난 여동생과 결별을 완성하지 못한다. 지상에 머무는 동안 한 걸음도 걸어 보지 못했던 여동생, "산 듯, 죽은 듯/ 지루하고 짧았던 너의 십칠 년/ 물 없는 수족관 속의 낮과 밤"(「심어해 횟집」)을 심해어처럼 살다가 나비처럼 하늘로 올라간 소녀는 시인의 뮤즈가 됐다. 시인은 종종 여동생의 입으로 신음하듯 노래한다(「파르스름하게」). 또한 시인은 어머니(「해초 종이」, 「가방」), 시아버님(「아흔한 살」), 존경하는 원로 시인(「뮈토스」), 성당 교우(「그녀의 영혼을 입다」)를 잃은 슬픔으로 인해 우울하다. 자고로 사랑하는 사람의 죽음은

쓸개즙을 더욱 짙게 만든다. 시인에게 태생적으로 부족한 것은 이별의 능력이다.

2) 일상의 차원: 시인은 주변의 사소한 것들의 존재론적 비애 앞에 자주 침울해진다. 소금 한 알갱이에서 "오래전에 수장된 자들의 해골 가루"(「소금」)를 맡고, 대형 서점 서가 맨 아랫단에 간신히 끼워진 먼지투성이의 책을 발견한 후 모종의 연민을 느끼며(「먼지의 책」), 거리에 기역 자로 꺾여 납작해진 홍보용 공기 인형의 말로 앞에 발걸음을 멈춘다 (「공기 인형」). 모름지기 변방의 자리에서 상실을 감지하는 예민함만 한 우울의 효소는 없다. 시인에게 선천적으로 모자라는 것은 외면의 능력이다.

3) 사회적 차원: 우울은 현실의 모순에 대한 분한(憤恨)에서도 궐기한다. 이때의 우울은 꿈꾸기를 단념할 수 없는 시인이 꿈 없는 현실과 직면한 후 품은 '한 줌의 도덕' (Minima Moralia)과 같다. 예컨대 시인은 중동에서 수입된 이란산 석류를 먹으며 분노에 차 노래한다. 단단한 껍질이 감싸고 있는 이란산 석류 속 붉은 알에서 검은 히잡에 가려진 이슬람 여성의 억압된 욕망과 종교라는 이름의 폭력을 보았기 때문이다. "사막의 붉은 유방인 네가/ 검은 차도르 밑의/ 눈부신 알몸 열듯/ 스스로 쪼개질 때/ 네게선 도살장 냄새가 나/ 코란의 칼에 베인/ 여인의 심장 냄새".(「이란산 석류2」) 그밖에 실업 문제와 노동운동(「분실된 재」), 층간 소음 문제(「코끼리」), 소수자 문화(「言魚의 죽음」), 비민주

156

적인 직장 문화(「낙타 근성」), 학교 폭력(「일요일의 일기」), 세월호 사건(「검은 바다의 혀」) 등 사회 문제 앞에 시인의 얼굴이 암연(暗然)해진다. 우울은 이유 없는 권태나 체념적 애상이 아니다. 시인이 개척한 우울의 영토에서는 윤리의 꽃이 스멀스멀 피어난다. 기대 지평과 경험 공간의 차이가 잉태한 정신상태가 우울이라면, 이상과 현실 사이의 메울 수 없는 간극이 발효시킨 감성의 분비물이 우울이라면, 필경 우울 속에는 바람직한 삶을 지향하는 윤리적 사색의 흔적이 남아 있기 마련이다. 시인에게 애초부터 결핍된 것은 포기의 능력이다.

Blue

파란색은 궁극의 색이다. 파란색은 구심적이다. 파란색은 우리 쪽으로 밀쳐 오는 것이 아니라 우리를 자기 쪽으로 끌어당긴다. 우리 앞에서 달아나는 호감이 가는 대상을 뒤쫓듯이 우리는 파란색을 기꺼이 바라본다. 파란색은 동경의 색이다. 조물주가 하늘과 바다를 푸른색으로 물들인 이유는 여기에 있다. 하늘을 보면 가슴이 트이고 바다를 보면 마음이 출렁인다. 이제 시집의 표제 시 「지중해의 피」를 읽을 때가 됐다.

너무나 큰 젖먹이 짐승

배고픈 아이를 앞에 둔

부끄럼 없는 어미처럼

수백 개의 젖무덤 당당히 풀어헤친

지중해

이목구비 없이 젖가슴뿐인 바다

대륙붕의 넓은 띠로도

탱탱히 불은 가슴 동여맬 수는 없다

리아스식 해안의 만을 감싸는

부연 젖물의 새벽 안개

바다의 검은 유두를 물고

솟아오르는 흰죽지갈매기 떼!

바다 곁에서

목마른 나여

먹어도 먹어도 허기지는

아귀 같은 나여

허기의 지도 따라

바닥짐 버리고 여기까지 온

나여

최초의 비린 맛인 저

미노아의 젖멍울에

갈라 터진 입술을 대리

맨발의 푸른 자맥질로

내 피 전부를
지중해의 피로 바꾸리
천둥벌거숭이
크레타의
파랑(波浪), 파랑, 파랑이 되어

　　　　　　　　—「지중해의 피」

　시인을 대변하는 일인칭 시적 화자가 마지막으로 도착한 곳은 지중해 연안이다. 시인은 지루하고 갑갑한 일상에서 탈출해 낭만적인 정취를 만끽하고자 여행을 떠난 것은 아니다. 편력의 동기는 절박하다. 실존의 허기를 채우고, 생의 의미에 대한 목마름을 해소하고자 지중해까지 발걸음을 옮긴 것이다. 아프리카, 유럽, 아시아 3개 대륙을 품는 지중해는 시인의 배고픔과 갈증을 해소시켜 주기에 충분해 보인다. 지중해는 풍만한 모성의 대용량 수원(水源)이다. 배고프다고 울고 보채는 아이에게 묵묵히 젖을 물리는 어미의 넉넉한 마음이 지중해의 본성이다. 시인이 지중해 전체를 "너무나 큰 젖먹이 짐승"으로, 지중해 여기저기 떠 있는 섬들을 "수백 개의 젖무덤"으로, 지중해에서 자욱이 분무(噴霧)되는 안개를 "부연 젖물"로, 그리고 지중해를 누비는 흰죽지갈매기 떼의 검은 부리를 "검은 유두"로 연상하는 이유는 여기에 있다. 시인의 상상력이 호방하다. 하지만 이 무진장한 지중해 앞에서도 시인의 갈증은 해갈되지 않는다. 시인의 욕망은 표독한 "아귀"처럼 염치없다. 바다 곁에서도 시인은 여전히 목마르다. 입술이 갈라 터질 정도다. 그래서 급기야 바다로 첨벙 뛰어든다. 그토록 찾아 헤매던 날것의 언어, 야성의 언어("최초의 비린 맛")를 수유하기 위한 감행이다. 문명화되기 이전의 신화의 왕국을 대변하는 "미노아의 젖멍울"로부터 시원의 언어를 흡입하기 위한 결단이다. 하지만 결코 녹록치 않다. 숨이 턱까지 차오른다. 팔다리를 놀리며 떴다 잠겼다를 반복한다. 이 지난한 자맥질 속에 동경의 피가 박동한다. 숨 가쁜 "자맥질" 앞에 형용사 "푸른"이 붙은 소이연은 여기에 있다. 이렇게 지중해의 심연으로 자맥질해 들어가는 순간, 시인의 붉은 피는 지중해의 푸른 피로 바뀌기 시작한다. 말하자면 시인은 드디어 바다와 일심동체가 된 것이다. 지중해가 내쉬는 들숨과 날숨의 리듬에 따라 유영하는 푸른 너울이 된 것이다. "파랑(波浪), 파랑, 파랑이 되어". 첫 번째 파랑이 물결(wave)이라면 세 번째 파랑은 푸름(blue)이다. 시인은 궁극적으로 창해의 푸름이 되고 싶었다. 시인의 포부가 자못 원대하다. 이 푸름 속에 태초의 언어(발터 벤야민의 개념을 빌리자면 '아담의 언어')가 서려 있다. 이 푸름 속에 절대 자유의 흰 깃발이 휘날린다. 이 푸름 속에 시혼의 선혈이 임리한다. 이 푸름 속에 우울의 꽃망울이 맺혀 있다. 요컨대 이 푸름 속에 강기원 시 세계의 서사가 역사한다.

물결에서 나왔으니 물결 속으로

수많은 이야기

바다 깊은 곳에 풀어놓는다

—「해초 종이」에서

Bon appétit!

지금까지 『지중해의 피』에서 전개된 강기원의 시론을 네 가지 색을 통해 살펴보았다. 『지중해의 피』는 백적흑청 사색 이미지로 결정화(結晶化)된 시로 쓴 시학이다. 좀 더 풀어 정리해 본다. 첫째, 강기원의 색은 이미지로 응결된 정신이다. 색은 대상이나 현상의 외관을 장식하는 수사로 국한되지 않는다. 강기원에게 색은 외부 세계에 대한 감각적 인상을 묘사하기 위한 표현 수단을 넘어 내면의 감정, 영혼, 현실 인식 등을 이미지화하는 시적 기제이다. 색채 이미지는 비유가 아니다. 색채 이미지는 시의 전언을 생산한다. 색은 '사물'과 연관된 것이 아니라 '나'와 관계를 맺고 있기 때문이다. 주체의 감각이 세계와 맞닥뜨려 생성한 최초의 접면, 이것이 강기원의 색채 이미지다. 둘째, 강기원의 시세계에서 흰색은 시쓰기의 배후를, 붉은색은 시쓰기의 동력을, 검은색은 시쓰기의 과정을, 푸른색은 시쓰기의 궁극을 각각 체현한다. 시인에게 시란 붉은 욕망의 피를 검은 우울의 잉크로 바뀌 텅 빈 백지 위에 꾹꾹 눌러 새긴 것이다. 그리고 이 잉크를 사용해 시를 쓰면 쓸수록 검은 문자는 신성한 푸른빛을 머금기 시작한다. 셋째, 강기원 시의 영토에서 흰색의 면적이 제일 넓다면, 푸른색의 면적이 제일 작다. 하지만 상징의 밀도는 푸른색이 가장 높아 흡입력이 강하다. 무채색인 흰색(종이)과 검은색(잉크)은 명암 대비를 이룬다면, 원색인 붉은색(피)과 푸른색(바다)은 한난(寒暖) 대비를 이룬다. 한편 붉은색과 검은색은 서로 길항하면서 교호하는 변증법적 관계 속에 있다. 맞닿은 붉은색과 검은색은, 강기원의 시 세계에서 열정과 우울이 서로 화해할 수 없는 적이면서 한 편이라는 사실을 암시한다.

끝으로 '시란 말하는 그림이고 그림은 말 없는 시'라는 옛말에 의지해 창작의 용기를 내봤다. 다음 페이지의 그림은 강기원이 창안한 백적흑청 사색 시론을 색면 추상화가 요셉 앨버스(Joseph Albers)의 '정사각형의 찬미' 연작을 응용해 기하학적으로 구조화해 본 것이다. 이 네 겹의 정사각형 속에서 사색 샐러드 시학의 참맛을 조금이라도 느낄 수 있을지 모르겠다. 판단은 언어 식도락가인 독자 여러분의 섬세한 미감(味感/美感)에 맡긴다. 추측건대, 전체적으로 담백(흰색)할 것이다. 때론 강렬한 신맛(붉은색)이 혀끝을 자극할지 모른다. 씀바귀 같은 쓴맛(검은색)도 미뢰(味蕾)를 휘감을 수 있다. 오래 저작할수록 바다 향기 그윽한 짠맛(푸른색)이 입 안 가득 퍼질 수도 있다. 본 아페티!

2013. 9. 12. 손유식

지은이   **강기원**
서울에서 태어나 이화여대 정치외교학과를 졸업했다.
1997년《작가세계》신인상에 「요셉 보이스의 모자」 외 4편의 시가 당선되어
등단했으며, 시집 『고양이 힘줄로 만든 하프』, 『바다로 가득 찬 책』,
『은하가 은하를 관통하는 밤』이 있다. 2006년 제25회 <김수영 문학상>을
수상했다.

지중해의 피

1판 1쇄 찍음 2015년 11월 6일
1판 1쇄 펴냄 2015년 11월 13일

지은이 강기원
발행인 박근섭, 박상준
펴낸곳 (주)민음사

출판등록 1966. 5.19. (제16-490호)
서울특별시 강남구 도산대로1길 62(신사동)
강남출판문화센터 5층 (06027)
대표전화 515-2000 / 팩시밀리 515-2007
www.minumsa.com

ISBN 978-89-374-0837-3 04810
     978-89-374-0802-1 (세트)

민음의 시

민음의 시
목록